서시로 흐르는 시간

KB192752

서시로 흐르는 시간

초판인쇄	2025년 3월 17일
초판발행	2025년 3월 20일
지은이	김주수
발행인	조현수
펴낸곳	도서출판 프로방스
기획	조영재
마케팅	최문섭
편집	문영윤
본사	경기도 파주시 광인사길 68, 201-4호(문발동)
물류센터	경기도 파주시 산남동 693-1
전화	031-942-5366
팩스	031-942-5368
이메일	provence70@naver.com
등록번호	제2016-000126호
등록	2016년 06월 23일

정가 14,000원

ISBN 979-11-6480-385-9 (03810)

김주수 시집

서로 흐르는 시간

P 프로방스

자서 (自序)

나는 언제나 동심(童心)과 선심(禪心:순수의식)과 인류애적 연대감 속에서 나의 시심을 찾는다. 시심이란 늘 일상 속에 있지만 그 일상을 넘어선 마음이요, 생의 포괄적 진실을 찾는 마음이요, 사람을 사람답게 하고 삶을 삶답게 하고 세상을 세상답게 하는 마음이기 때문이다. 시심이란 언제나 생의 정수와 그 속에 깃든 진선미(眞善美)를 지향하는 것이다.

그래서 그것은 언제나 인간적 끈끈함과 탈속적 낭만과 영혼의 순수함과 생활의 천진(天眞)과 여유 속 치유와 무위의 화해(和諧)로움과 삶의 깨우침을 지향한다. 시심의 저수지엔 이 모든 것들이 담겨있다. 하지만 이는 낚시꾼이 대어를 낚기 바라나 뜻처럼 쉽지 않은 것과 같이 좀처럼 쉽게 얻을 수가 없는 지난한 일이기도 할 터이다. 그러나 시의 조사(釣師)가 어찌 대어를 포기할 수 있으랴. 비껴가는 세월 사이로 좋은 시어(詩魚)를 낚기 위해 낚시꾼으로서 최선을 다할 뿐!

취루재(聚婁齋)에서

김주수 씀

차례

2부

1부

뚜껑

호수는 뚜껑이 없기에

사시(四時)에 늘

하늘빛과 바람으로 뚜껑을 삼는다

아 세간의 뚜껑 없는 마음, 마음들도 다 그리들 살았으

면……

초여름 밤

조각달은 조화옹이 눈썹 하나 지상에 걸어둔 것

별똥별은 조화옹의 반딧불이 지상으로 잠시 건너온 것

밤하늘은 조화옹이 검정 판화에 별의 문자를 새겨놓은 것

새벽의 귀를 깨우다

참붕어가 연잎 그늘의 수면에

살짝 입을 맞추니

동심원이 은은히 번져간다

겹겹의 동심원은

새벽의 귓가에

시린 고요를 속삭이는

물의 보드라운 입술인가 보다

피리

가슴에 품은 것이 오직 바람밖에 없어서……

일생,

바람의 시밖에 대필할 줄 모르는 너!

꽃나무

꽃이 나무를 빛나게 하는 전구라면

물은 그 꽃을 밝히는 촉촉한 전기이리라

봄비 그치고 맑은 햇살이 나뭇잎 그늘에 한들거릴 때

그 전기를 빨아들이는

무설설(無說說) 같은 뿌리의 소리를 찬찬히 들어본다

고요에게

나무에겐 나이테가 있지만

그 나무 그늘에 서려있는

고요에겐 나이테가 없다

그래서 고요는 늘 그대로

언제나 갓 태어난 것이면서

헤아릴 수 없는 세월 속이다

수련 아래서

만개한 고요가

연못 위에

그득하니

애오라지

이 소리의 경전

찬찬히 읽으며

저 향긋한

푸른 물결

새로

아무도 모르는

세월 한 겹

살포시 접어두고 싶다

어떤 아침

1

새로운 하루를 선물하기 위해

아침은 잠들었던 햇살들을 끌어당겨 준다

그 덕에 숲의 나뭇잎들도 기지개를 켜고

흙들도 하늘 쪽으로 머리를 한 뼘씩 들고

냇물도 물소리에 햇살을 섞어 반짝이기 시작한다

새들이 둥지에서 깨어나는 소리와

뿌리가 가지 쪽으로 물을 펌프질 하는 소리를

듣고 있으면 마음이 환해지고 차분해진다

이슬로 양 뺨을 씻는 풀꽃에 눈을 맞추고

나뭇잎 사이로 내리는 햇살들의

눈부신 안단테 속에서 아침의 목차를 들여다본다

아침이 제일 먼저 찾아오는 숲 속에서

어린 잎과 잎들이 제일 먼저 만들어낸

맑은 산소를 내 안의 속살처럼 깊이 들여마셔본다

2

어둠이 부려 놓고 갔던 모든 적막을 다 걷어내고

새의 목청 속으로 건너온

새소리로 맑게 재재거리는 아침

작은 부리들이 공기의 행간 여기저기에

음표들을 물어다 놓았기에

나뭇잎들이 흔들릴 때마다 소리들이 더 찰랑인다

문득, 아침의 속눈썹을 밀어 올리는

새소리에 깨고 보니

청명한 공기 사이 바람의 소요유를 따라

아침이 마치 신이 건네준 한 편의

서정시와 같아서

퇴고할 것 많은 생각들을 다 뒤로 하고

그 운율과 감각을 찬찬히 읽어본다

파몽(破夢)

비 그치고

물속에 잠든 하늘

작은 잠자리

한 마리가

연못 위에

그림자를

체질하더니

시나브로

시간을 한 뼘쯤

밀쳐놓고서

빨간 꼬리

하나로

살포시

허허창창(虛虛蒼蒼)한

천지의 물빛 꿈을

다 깨우도다

가을날

허공을 쓰는

바람의 빗자루

먼지도

구름도

그리움도

다 쓸어내고

그저

영혼의 거울

속 같은

잔잔하고

깨끗한

빈 하늘빛만

좋아하네

하얀 노래

폭포는 수직의 수궁(水宮)이구나

천년을 넘도록 조금의

흠도 금도 간 적 없으니

산의 무릎에 농울쳐 앉은

깨끗하고 튼실한 물의 무량수전이구나

시인

등 뒤로 무수한 어둠을 견뎌내고

사시사철 시상의 호수에서

시어(詩魚)가 낚이길 기다리는

낭만 조사(釣師)

바람이 무심히 생각의 찌를 흔드는데

산천어 비늘 같은 세월이

저만치서 잔잔히 흘러만 간다

 # 나의 시와 마음에게 바란다

소금밭에서 소금의 입자를 만들어주는 햇살처럼

밤하늘에 별들이 더 반짝이도록 깊어지는 어둠처럼

장작이 깨끗이 다 불탈 수 있도록 불어주는 바람처럼

계곡 상류까지 물살을 거슬러 오르는 연어의 탄력 있는

점프처럼

돌담

아랫돌이 윗돌을 받쳐주고

이쪽 돌이 저쪽 돌을 붙잡아주지만

이 많은 돌과 돌 중에

자기 자리가 아닌 돌은 하나도 없다

더할 것도 뺄 것도 없는 동그란 삶들

다들 옹기종기 모여서

세월을 함께 떠받치고 있지만

이미 지나간 시간과

앞으로 다가올 미래가

서로의 등과 살가운 호흡 속에

다 함께 포개져 있다

늘 처음인 듯 마지막인 것처럼

굳건하게 서로를 받쳐주면서

따뜻하게 서로를 안아주면서

수박에 대한 명상

흙에는 단맛이 전혀 없는데
그 흙에서 자란 수박에선
설탕처럼 단물이 쏟아지네.
흙의 맛도 물과 햇살의 맛도 아닌
이 맛은 어디로부터 온 것일까.
제 모든 것을 걸고 빚어낸
투혼의 생생하고 뜨거운 속살이여!
아 우리가 커가는 이 세상도
커다란 삶의 텃밭이려니
비록 단맛이 전혀 없는
척박한 세상살이의 흙에서 살지라도
우리도 저 수박처럼 호젓이
자기 안의 속살과 영혼으로
생에 깃든 모든 인연들에게
고운 단맛 내며 살아보리라.

청잠자리

연잎과 연꽃에도 앉고
연못의 잔물결에도 앉고
바람의 눈썹 사이로도 자유로이 비껴다니는
청잠자리

그림자도 따라갈 새가 없으니
무엇을 놓아야 생이 저리 가벼워질까?

나도 청잠자리 날개처럼
투명하고 가벼운 시를 써서
누군가의 영혼 위로 마음껏 날아가고만 싶어

저만치 못의 하늘빛에 이 마음 살풋 놓아본다.

푸른 방석

동그란 연잎들은

연꽃 향기 묻은

해맑은 고요를

제 자리에 앉히려고

물결의 어떤 술렁임에도

제 결가부좌를

조금도 풀어놓지 않는다

동행

바닥까지 환히 비치는

맑은 산골물에

송사리가 아홉 마리,

그 아홉 마리를

쉼 없이 따라다니는

그림자도 아홉 마리

눈부신 햇살이

그들의 자유를

고루 비춰준다

봄비

시가 영혼의 더없는 비늘이듯이

빗소리는 비의 반짝이는 비늘이다

오늘은 투명한 비늘이 무수히 떨어지고

오수에 빠져있던 버드나무 잎들도 살이 오르는 날

깨끗이 닦인 연못의 잔잔한 수면지(水面紙)에

비가 촘촘히 수를 놓듯 살갑게 쓰는 서정시를

바람이 일일이 짚어보며 눈과 귀로 함께 읽어보며 지
난다

시선에 대한 명상

꽃의 눈으로 세상을 보면 어떻게 보일까
사람들이 꽃으로 보일까

바람의 눈으로 세상을 보면 어떻게 보일까
인생이 바람으로 보일까

호수의 눈으로 세상을 보면 어떻게 보일까
세상만사가 다 물에 비친 고요처럼 보일까

별들의 눈으로 세상을 보면 어떻게 보일까
멀리 있는 모든 눈빛이 다 별빛으로 반짝일까

하늘의 눈으로 세상을 보면 어떻게 보일까
어떠한 경계도 없이 모든 것이 하나의 가슴 속일까

적경(適境)

세상 모든 폭포는 절벽을 만날 때만 폭포가 된다

수직의 높이가 없는 것은 그냥 가만가만 흘러가는 냇물
이 될 뿐

별똥별

오— 순간이 영원 속으로

빛나는 숙명처럼 떨어지는구나!

저녁의 눈빛이 번져갈 때

산 너머로 미처 다 넘어가지 못한 햇살들이

강물 위로 산수유빛 가루가 되어 무수히 떨어져 내렸다

바람이 부지런히 수실로 박아놓고 가서 일렁이는 물비늘이 더욱 빛났다

그것을 물끄러미 바라보며 나무들은 제 안의 침묵을 한 움큼씩 더 꺼내놓았다

가을을 밟다

시간을 가볍게 덮고 있는 노란 은행잎 위를 걸어간다

내 걸음을 뒤따라오는 바람의 눈에도 은은히 물이 들

것 같다

시간의 후광을 위하여

거울 뒷면에 바르는 수은에

금을 섞으면

거울에 비치는 영상이

더 따뜻한 색조를 띤다고 한다

세상을 비춰보는 내 마음거울에

모래 걸러낸 사금처럼 노을을 섞어보고 싶다

어디서든 하루하루

그리움이 고이는 순간들을

시처럼 은은히 바라볼 수 있도록

비늘

바람은 허공의 비늘이다

거품은 비누의 비늘이다

빗물은 구름의 비늘이다

물결은 호수의 비늘이다

눈발은 겨울의 비늘이다

떨림은 사랑의 비늘이다

눈물은 슬픔의 비늘이다

비유는 언어의 비늘이다

명함은 이름의 비늘이다

지폐는 자본주의의 비늘이다

세상 모든 비늘이 저마다의 몫으로 반짝이기를

아주 짧게 쓰는 연서

우물에 봄물이 도른도른 고이는 시간이 있다

내가 그저 너의 맑은 우물이 되고 싶은 날들이 있다

네 이름을 닮은 메아리가 동심원처럼 울리는

깊은 우물이 되어 나날이 더 잔잔해지고 싶은 날들이

있다

네 눈 속의 정원

네 눈 속에 장미 정원이 있네

어느 계절에도 시들지 않는 그곳

세월도 고이 비껴가네

바람의 길을 가만가만 지나서

보드라운 아침 공기를 밟으며

여린 봄비 되어 촉촉이 내리고 싶네

영원의 거울 속 같은 뭇 시간을 지나

너의 정원 속에서 길이 살아가고 싶네

네 안의 천국에서 길이 꿈꾸다 잠들고 싶네

가슴 한 켠을 비워둔 이유

반듯한 벼룻돌처럼

벼룻돌에 고이는 맑은 먹물처럼

시간의 묵향 속에

은은히 묻힌 어느 이름처럼

끝내 마르지 않는 아련한 눈빛처럼

그리움이 잔잔히 고여 올 때가 있으므로

겨울강

어느 때 나는 외진 마음 다 풀리어
은어떼처럼 너에게 갈 수 있을까

언제쯤 물결에 뜬 뭉게구름처럼
소리 없이 네 안에서 흐를 수 있을까

열리지 않는 문 앞에 서성이는 바람인 듯
끝없이 번져가는 시린 말들을 전할 뿐

그대에게

봄빛을 만나러 얼음 밑으로

줄기차게 흐르는 개울물과 같이

나 오직 당신 곁으로 흐르는 작은 숨결이기를

얼어붙은 소리들이 겨울의 스크럼을 다 녹이며

닳지 않는 비늘처럼 도른도른 빛나며 흐를 때까지

결속

떨어졌다 이내 다시 겹치는

시계 바늘들처럼

시간의 눈썹 사이로 빗방울 떨어질 때

수없이 겹쳐는

연못의 작은 동심원들처럼

잠시 멀어졌다 늘 다시 겹치는

네 마음과 내 마음의

고요하고 떨리는

따뜻한 순간들처럼

사랑법

악기의 줄과 줄이

너무 가까워도 안 되고

너무 떨어져도 안 되는 것처럼

너무 팽팽해도 안 되고

너무 느슨해도 안 되는 것처럼

서로 다른 위치에서 다른 음을 내면서도

늘 같이 어우러져 하나의 소리로 울리는 것처럼

수천격(水天格)

폭염이 쏟아져도

폭우가 들이부어도

바다는 줄어들거나 커지지 않는다

사랑아,

너는 그런 사람을 가졌느냐

수천만 물살에도 늘

조금도 닳거나 구겨지지 않는

저 하늘빛과 같은

저 반조(返照)의 투명한 햇살 같은

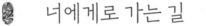

너에게로 가는 길

밤새 거친 비 내리고

찬바람 불던 바닷가에

아침 해 떠오르니

석류빛 태양의 길이

바다 물결 위로

일렁이는 카펫처럼

소롯하게 또렷이 열렸네

밤을 넘어온 수평선 너머로

아득히 푸른 하늘과도

고이 닿아 있는 길

아 아름답고 찬란한

저 빛의 길을 빌려다

네가 있는 그곳에

살풋 놓아보고 싶네

어느 계절이 오고 가든

네가 있는 바다에서

나의 해가 뜨고

너에게로 곧장 가는

내 마음속 오롯한

단 하나의 길이 언제나

꼭 저와 같을 것이므로

그리고 어느 좋은 날에

강물 위에 일렁이는 수많은 물결들

물결 위를 유유히 지나는 눈 맑은 바람들

그 사이로 뒹구는 촉촉하고 눈부신 햇살들

그 빛과 그늘을 내 마음에 가득 담아

물결 속 마르지 않는 저 세월처럼

너를 만나러 가고 싶네

영원도 잠시 쉬어가는 듯한 그런 날에

성하(星河)처럼 내 마음 다 쏟아 붓고 싶은 날에

유리창에 스며있는 고요한 투명함처럼

나 오직 너를 만나러 가고 싶네

내 생의 모든 회한과 쓸쓸함과

깨지 못한 비몽(悲夢)을 다 지우고

갓 녹은 만년설처럼

한없이 자유로워지는 날에

생의 순간들을 다 껴안고서

네 안으로 하얀 빛살처럼

맑게 흐를 수 있는 그런 날에

어느새

소리도 그림자도 없이 날아와

내 청춘을 물고서

멀리 세월 너머로

아득히 날아간

높고 빠른 새여!

영원

내 안과 밖에서 언제나

당신을 만나고 싶었으나

두 손으론 붙잡을 수 없어

늘 아득한 숨결 사이로

바라만 보던 당신은

그리움의 실타래가 되어

숲 속 무지개 너머 파란 꾀꼬리처럼

포로-록 날아가 버렸습니다

운명에게

아름드리 편백나무를

힘겹게 기어 올라가는

작은 달팽이처럼

삶이라는 나무에 매달려

업연의 그림자를 끌고서

나는 위 아니면 아래로

어디로든 끊임없이

움직여야만 하는 것이렷다

어떤 비바람이 불고

어떤 천둥과 폭설이 내리든

생이 다하는 그 순간까지

나의 천명은 오직 그 속에 있으리니

밑줄

책을 읽다가 밑줄을 친다.

"상실 없는 삶이 없으니, 슬프지 않은 삶도 없다.

취약하지 않은 삶이 없으니, 두려움 없는 삶도 없다."[1]

삶의 욕구가 있기에 슬픔과 두려움이 있으니

좌절의 폭우와 번민의 폭풍을

수없이 지나온 이제야

문득 깨닫는다,

마음이 접혔던 곳이 삶의 밑줄임을

그 밑줄이 있어

삶의 뜻과 문맥이 더 심오해진다는 것을

---

1 미리암 그린스팬, 「감정공부」 중에서

뭇 성좌를 바라보며

1

고급 벼루에는

고운 무늬 새겨진 뚜껑이 있다

갈아놓은 연지(硯池)의 먹물이

마르지 않게, 먼지도 끼지 않게……

달과 별자리가 곱게 새겨진

뚜껑을 덮으면 밤의 시간이 밀려온다

어둠을 은은히 끌어당기듯

돌그늘을 낳는 반듯한 뚜껑 아래엔

세상을 잊은 듯

먹물의 정갈한 꿈이 찬찬히 고여 있다

2

별자리들은 누가 새겨 놓은 무늬일까

저것은 무엇을 덮는 시간의 뚜껑일까

헤아릴 수 없이 오랜 적요의 진폭 속에서

그 아래엔 어떤 세상들이 오붓이 담겨 있었을까

3

내 마음에도 뚜껑이 있다면

그리움도 슬픔도 다 가려주는

은빛 무늬의 뚜껑이 있다면

물기 마르지 않게

우주의 꽃들 피어난

저 그늘 없는 촉촉한 하늘빛으로

영원의 어느 한 굽이만큼만

소곳이 덮어두고 싶다

세월의 그림자도 아랑곳없이

나와 세상을 다 잊은 듯이

내 안의 고인 정념들이 성하(星河)처럼

잔잔히 잘 흘러갈 수 있도록

무정세월에게

당신은 바람이요

나는 나뭇잎이니

당신은 나를 흔들고 가지만

나는 당신을 끝내 붙잡지 못하네요

그랬더니 세월이 진부하다고 타박을 한다

하여 한참을 고민한 끝에

세월과 내가 함께 자재할 수 있도록

차분히 숙고하여 다시 쓴다

당신은 그치지 않는 무심한 강물이요

나는 그 강물 위를 나는 작은 나비이니

당신은 나를 비추는 거울이 되고

나는 흐르는 그 물결에 잠시 내 날갯짓 비춰볼 뿐

삶은 마음을 따라 흐른다

천년 아름드리 소나무도

소리 없이 컸고

세월의 강에 비친 수천의 해 그림자도

소리 없이 지나가느니

시간의 물결에

이 마음을 다 놓아

이 집착을 다 놓아

내 심장을 흐르는 피도

네 눈 속에 담긴 은근한 빛도

우리가 함께 했던

또 함께 하지 못했던

모든 시간의 겹들도

눈 맑은 못을 지나는 하늘빛처럼

그 속을 흐르는 조각구름처럼

세월없이 그저 저 홀로 깊어

길이 꺼지지 않는

맑은 빛으로 흘렀으면……

생의 중심을 보수(補修)하며

나이테가 한 겹 한 겹

세월을 안고

안으로 깊어가듯

삶의 중심으로 가고 싶네

흙과 물과 햇살과 바람과 공기들

죄다 비벼서

안으로 좌정하는

고요한 시간의 물결

그 영혼의 결처럼 나를

더 단단하게 하고

더 깊어지게 하는

마음의 중심으로 가고 싶네

보이지 않는 세계는

보이는 세계의 원형이니

폭우와 폭설에도 흔들림 없이
생을 더 깊이 껴안는
겹겹의 동그라미처럼
내 마르지 않는 정신의 샘으로
삶의 중심 푸르게 세워두고 싶네

깊이 닿는 인연을 생각하며

수많은 사람이 스쳐갔지만

내 마음에 깊이 들어온 이 얼마나 되나

나는 또 누구 마음에 깊이 닿은 적 얼마큼 되나

수많은 시와 책을 읽었지만

가슴에 깊이 스며 나의 일부가 된

시와 책, 얼마나 되나

흑백필름처럼 흘러간 세월에

내 영혼에 오래 남는 무늬 같은 것

등대처럼 어둠 속에서 다시 나를 찾게 하는 것

깨끗한 만큼 깊어지는 우물처럼

마음을 여는 만큼 넓어지는 바다처럼

따뜻한 눈빛으로 맞닿은 이와

간담 속의 깊은 말 나눈 이 얼마나 되나

때론 책장 같고, 때론 연잎에 빗방울 같았던

16500일을 묵묵히 살아왔지만

오직 깊이 닿아야

내 안에 남는 투명한 퇴적층 같은 것

오래 간직하고도 낡지 않는 곡옥(曲玉) 같은 것

채란기(採蘭記)

되돌아보며 생각한다

오래 기억할 만한 그런 사람

내게 얼마나 있었던가 하고,

그리 많지는 않았지만

손가락을 꼽아보게 하는 사람

그런 사람이 있었기에 마음이 푸근해진다

곁에 있으면 은근 기품 있고 향기 나는

한 포기 난 같은 사람

천리 밖에 있어도

세상 어느 굽이진 곳에 놓여도

길이 시들지 않고 빛나는 사람

산그늘 같은 은은한 연(緣)을 따라

깊은 산중으로 난을 캐러가는 사람처럼

세상 그 어디든 첩첩산중을 넘어

다시 그런 사람을 만나러 가고 싶다

바위를 뚫고 흐르는 석간수처럼

세상의 굽어진 곳도 맑게 흘러갈 그런 사람을

사는 재미 약사(略史)

사람들이 간혹 내게 묻는다

술, 담배도 전혀 안 하고

그 나이에 제 짝도 없으니

무슨 재미로 사느냐?고

책 읽고 공부하는 재미

시와 글을 쓰는 재미

명상으로 마음 닦는 재미

숲 거닐며 바람의 눈썹에 입 맞추는 재미

지사의 눈으로 세상사를 꿰뚫어보는 재미

사람들의 말과 눈빛 속에서 나를 발견하는 재미

상처의 파편으로 영혼의 퍼즐을 맞춰가는 재미

전생과 외계인과 삶의 비의를 탐구하는 재미

늘 새로운 것을 접하며 생의 감각을 깨우는 재미……

자적(自適)의 기치를 높이 세우면

어디선들, 그 무엇인들 재미있지 않으랴

비록 가난하고 쓸쓸하기는 해도

천하만사의 우리 세상에

재미나는 것은 무진장의 산맥과 같으니

삶이란 세상 곳곳에 숨겨져 있는

그 무진장의 재미를 찾아가는

빛나는 시간의 여행이 아니던가

아 설령 모든 것이 뜻대로 되진 않고

못내 허전하고 서글플 때 있다 하여도

때때로 그리움이 천지를 다 감싼다 하여도

바람의 서시

나 죽으면 오직 천지의 바람이 되리라

모든 과거를 지우고

안과 밖이 하나인 투명한 눈을 가지고

천년을 하루처럼, 하루를 천년처럼

더 없이 자유롭게

세월의 그림자도 없이 모든 곳을 누비리니

비와 눈과 천둥의 시간을 뚫고서

사시의 햇살과 더불어

가장 높은 곳에서 가장 낮은 곳까지

가장 먼 곳에서 가장 가까운 곳까지

어디에나 있으면서 어디에도 없는 환영(幻影)처럼

천 개의 손과 심장으로

세상 만물에 투명한 지문을 찍으며

그 어디서도 때가 끼지 않고

그 무엇에도 전혀 얽매이지 않는

천지의 잔잔한 숨결이 되리라

천지의 영민한 전령이 되리라

서시로 흐르는 시간

그 어디로 흘러가든

아래로, 아래로

가라앉을 것 다 가라앉고

버릴 것 다 다 버려서

흐르면 흐를수록

더 맑고 깨끗해져

햇살이 바닥까지 닿는

산그늘 속 계곡물처럼

세상의 굽이를

정신없이 흘러가는 나도

시간의 아래로

흘러가면 흘러갈수록

더 맑아지고

더 투명해질 수 있을까

마음 밑이 다 드러나도록

씻어야할 것 죄다 씻어내어

물비늘처럼 선연하고

물소리처럼 깨끗해져서

내 모든 것이 드러나도

삶의 굽이굽이 그 어느 곳에서든

겉과 속이 부끄럼 없이

늘 투명하게 하나일 수 있을까

끝까지 가는 첫마음처럼

삶의 모든 물결이

서시의 운(韻)로 흘러가도록

서시와 같은 빛살이 되도록

아주 먼 여행

큰누나가 어린 자식들을 두고서 스스로 목숨을 끊었
을 때

나는 가슴이 아프도록 통곡했었다

아버지가 놀라셔서 내 방으로 들어오셨다

너무 슬프게 울면 숨이 잘 안 쉬어진다는 것도 그때
알았다

나는 끝내 누나의 죽음을 받아들일 수 없어

누나가 죽은 게 아니라 어디 먼 곳으로 여행을 간 거라
고 생각했다

그렇게라도 생각해야 견딜 수 있었다

지워지지 않는 아픔의 화인(火印)은 또렷이 그대로 남
아 있지만

그간 세월이 많이 흐르고 흘러 슬픔과 울음도 거의 다
말랐고

나도 또 밤마다 통곡하시던 어머니도 이제는 누나를 잊

고 살아서일까,

　이젠 훌쩍 20년이나 지났으나 아직도 누나는 여행에서
돌아오지 않고 있다

　아마도 그곳 여행이 너무 좋은가 보다, 그렇게 믿고 싶다

　더 아주 오랫동안 만나지 못할지라도……

영안실

가족의 죽음을 경험하기 전까지는
영안실이 내겐 먼 단어였다.

아버지와 누나의 시린 얼굴을
영안실에서 만난 후부턴
영안실보다 더 차갑고
더 슬프고 더 준엄한 단어를
나는 알지 못한다.

이제 나는
어떤 글이나 책에서 이 단어를 볼 때마다
무심코 그냥 지나치지를 못한다.

우리는 모두
어머니의 체온에서 왔다가

체온 없는 영안실로 간다.

체온을 잃고서 영면하는 곳

체온을 사이에 두고

삶과 죽음의 경계가 명확해지는 곳

만남과 헤어짐 사이에

무엇이 있는지 가장 분명하게 알게 하는 곳.

책과 바꾼 것

아버지 가신 후

내 방에 있는 수많은 책들을 볼 때마다,

저 책들 살 때마다

그 값으로

아버지 모시고 어디 가

맛난 밥을 사드렸으면

몇 백 번은 더 사드렸을 텐데……

어찌 그 흔한

밥 한 번 못 사드렸을까.

무심한 책들이 다 나의 죄값 같아서

아 이제사 책이 밥보다 못함을 눈물로 깨우친다.

마중

어릴 적 아버지는 읍내에서 약주 드시는 할아버지를 마중하기 위해 번번이 30리 길을 걸었다고 한다. 술 취한 할아버지를 부축하며 늦은 밤길에 돌아온 날이 숱하게 많았지만, 특히나 살 베듯 바람도 쩍쩍 얼어붙는 겨울밤엔 때로 할아버지가 아주 원망스럽기도 했다고 하셨다.

어릴 적 나도 저녁 식사 때 동네 어디쯤 술 드시는 아버지를 모시러 간 적이 가끔 있었다. 할아버지처럼 술과 사람을 좋아하셨던 아버지, 할아버지 돌아가셨을 때 가장 많이 우셨다는 아버지! 그때 아버지 마음도 지금의 나와 같았을까?

아——— 이 세상에서 다시 약주 하시는 아버지를 마중 나갈 수 있다면, 한번쯤 그렇게 세상 어디에 아버지를 모시러 갈 곳이 있다면, 나는 때때로 찬바람 속 어둠 내리는 그 몇 십리 길도 마다않고 푼푼히 마음 놓고 달려 갈 것만 같다.

사물의 인연

내가 아버지께 사드렸던

책받침대를

이제 내가 사용한다

이 앞에서

과거의 아버지와

지금의 내가 마주한다

줄곧 책만 보고 살았으나

무능하여

아들 노릇 한번 제대로 못한 나

아! 아버지 살아생전

내가 사드린 게

고작 이것 하나밖에 없다니,

새삼 부끄럽고 서글프니 어찌 책을 읽을까

미동 없는 불효의 받침대 앞에서

삶과 죽음 사이에 놓여있는 이 아련함 앞에서

.

아들의 염색

나이 40에 흰 머리가 난 아들

보고 있기 영 속상했던 어머니가

아직 장가도 안 갔는데 벌써 흰머리가 나면 어떡하냐고

혀를 차시며 손수

아들의 머리를 빗으며 염색을 하신다.

장가를 못 간 것도 불효

흰머리가 난 것도 불효

스스로 염색 안 한 것도 불효

눈치도 없는 흰머리 때문에

노모의 한숨과 흰머리를 더 자라게 한 날,

머리처럼 내 마음에도 까맣게 물이 든다.

세월의 그림자를 몇 해만 더 묶어두고 싶은 날.

나잇값 저울

문득 불혹이 되고 보니

나이 먹는 일이 두려워진다

아직도 혹하는 것 천지인데

'불혹'이란 단어가 나를 질책하는 것만 같다.

이룬 건 적고, 미혹되는 것은 많아

한살 한살 나이가 더해질수록

내 부족함이 빚처럼 가슴에 얹힌다.

물비늘 제 안으로 비치듯

모든 이를 속여도

스스로는 속일 수 없느니

자라처럼 생의 언덕을 기어온 날들

수많은 만남과 헤어짐 속에서

나는 무엇을 사랑하고

무엇을 이루며 살아왔던가?

때가 되면 절로 찾아와

삶의 무게를 매섭게 재는

나이라는 시간의 저울 앞에

고스란히 드러나는

남루한 생의 얼굴에

마음 한쪽 어디 밀어 둘 데 없어라.

불혹을 지나

때로 꽉 다문 대합조개처럼
삶이 나를 가두곤 했으니,

인생이 잠깐이다… 하시던 아버지 말씀처럼
세월이 너무나 빨라
살아온 날들도 제대로 추스르기 어려운데

내 온갖 상념과 회한을 따라
이 밤에
슬픔의 현처럼 비가 쉼 없이 내린다

비오는 날은 감정의 산란기일까
온갖 사물이 비의 운(韻)을 빌려 속삭이는데
어디 한곳으로 밀어놓지 못하는
이 쓸쓸함도 비에 젖는 시간

이루지 못한 소망에 한숨지은 날들

내 안에 넘쳐나는 울음들

물비늘처럼 반짝이는 망설임, 열망, 그리움…

마음의 그림자 같고 또 생의 불씨 같은 것들

모두 비에 젖으며

불쑥 지난 시간을 다시 어디론가 이끌고 간다

생의 레인 앞에서

볼링을 처음 쳐본 날
공은 자꾸 홈으로 떨어지거나
매번 레인 한쪽으로 치우쳤다

공 하나 제대로 굴러가게 하는데도
몰입과 정성을 담아야 했고
문제를 꼼꼼히 자각하고
동작을 정확히 고쳐야만 했다

하루가
해라는 공이 굴러가는 시간의 레인이라면
나는 이미 15000번의 공을 던진 셈이다

인생의 가을에 접어든 시점에서 거듭 생각한다
내가 생의 레인에 던졌던 숱한 하루하루들

10점 만점의 스트라이크 같은 나날을 바랐으나

홈으로 빠지거나 한쪽으로 치우쳤던 숱한 날들을!

낙지와 조가비

인문계 국어교사인 형은

정규 수업에, 보충수업에

주말이면 또

뒤늦게 공부하시는 어르신들 수업에

한 주에 23시간 내외의 수업을 한다.

(형이 어머니께 주는 용돈도

다 그렇게 버는 것일 터!)

한 푼이라도 더 벌고자

녹초가 된 형은

집에만 오면 낙지처럼 퍼질러

잠을 잤던 모양인데,

아빠와 놀고 싶었던

초등학교 2학년인 조카딸이

초롱같은 눈망울에

고 작은 조가비 입술로

아빠에게 늘 하는 말

"아빠 또 자?"

엄마한테 하는 말도

"엄마…, 아빠 또 자!"

아들의 웃돈

어버이날이라 아들 내외가 와서
용돈을 주고 갔건만,
적은 돈에 마음이 걸렸던지
아들이 통장으로
다시 돈을 조금 더 부쳐왔다.

아내 몰래
어머니께 드리는 돈
어머니도 눈치껏 받아야하는 돈

서운함과 따뜻함 사이
서글픔과 미더움 사이

딸이 남편 몰래 주는 돈과 꼭 닮은……

어떤 침묵과 평화

포항과 부산은 요즘으로 치면 몇 시간 거리의 지척,

1년이 다 가도 어머니께 안부전화 한 통 하지 않는 형수

오직 형의 안녕과 행복을 위해 섭섭함을 억누르며

모든 걸 덮고 모르는 척 내색 않는 어머니

이런 걸 알면서도 중간에서 어쩔 수 없어 모르는 척 지
내는 형

어머니의 울화와 서러움을 알기에

속이 상하지만 누구처럼 모르는 척 조용히 지내는 나

우리 가족 모두에게 또렷이 스며있는

깊고 찬란한 침묵과 평화!

깍두기

깍두기를 담그실 때마다 어머니는
제일 먼저 나에게
맛을 보라고 건네주시기에

나는 언제나 어머니께서 새로 담그신
깍두기의 첫맛을 본다

단맛, 신맛, 새콤한 맛,
매운 맛, 쓴맛, 짠맛 속에 깃든
아삭하고 아련한 어떤 맛……

그 맛엔
어머니의 철학과 역사가 깃든
아득한 세월과 숨결이 있으니

나에게 언제나 첫맛을 주는

이 아삭한 신생의 깍두기는

어머니의 오랜 마음을 읽는

나의 작은 경(經)일 것이다

강한 소식

태풍이 온다는 소식에 어머니는
집 날아갈까 걱정이다, 라고 하시는데
나는 왜 자꾸 내 속에 태풍이 불었으면 싶을까
걷어내지 못한 생의 찌꺼기들이 너무 많은 탓이었을까
부셔버리지 못한 내 낡은 틀과
비겁의 뒤에 숨은 안일을 털어내고
내 안의 땅과 바다와 하늘을
생의 첫날처럼 마주하고 싶어서일까

오오, 과거도 없고 집착도 망설임도 없는
찬란한 태풍이 내 안에서 신생의 꿈처럼 깨어나기를
모든 세포의 촉을 열고 기다린다

함박눈에게

-삶을 위한 서시

허공을 밟고 눈이 펄펄-펄 내린다

어떤 주저함도 두려움도 없이

어디서든 자기 색깔로 한 세계를 만드는

저 무량하고 무진하고 무궁하고 무한한

자연스러움과 자유스러움 사이에

내 모든 발자국을 놓고 싶다

천지만사 그 무엇에도 빠뜨리지 않을 것이니

나를 밀치고 억누르는 것으로 가득한 세상에서

어질어질 길을 잃고 헤매고 헤매이다

이제 다시 온전히 나에게로 돌아가려 하는데

이 외에 더 무슨 반듯한 준칙이 필요하랴

아, 이 외에 더 무슨 놀라운 비법이 필요하랴

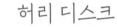 허리 디스크

방 안에 더 놓을 자리도 없이
겹겹이 쌓여 있는 책들을 본다
과적의 공부에 짓눌려
나를 오래, 오래 앉아 있게 만든 것들
내 지성의 울타리였고
내 세월의 징검돌이었으나
좌절의 시간 속에 온전히 다 껴안지 못해
밖으로 틀어져 나온
내 인생의 추간판 같은 것들

내 안에 닿지 못한 길

가슴에 깊이 박힌 비수같이 용서할 수 없는 사람과

태풍에 부러진 나무 같이 쓰러졌던 불행들을

숱하게 되돌아보며 남은 삶의 길을 생각해본다

세상에 있는 길에서 헤매인 날들보다

내 안의 무수한 길에서 헤매인 순간들이 더 많았으니

인생에서 닿기 어려운 가장 먼 길이 무엇일까?

내가 나를 데리고 끝까지 가야하는 이 지구별의 여정
에서

깨어지지 않는 미몽에 수없이 부딪히고 부서졌으니,

용서할 수 없는 사람을 기꺼이 용서하는 것

받아들일 수 없는 아픔을 온전히 받아들이는 것

이 속에 내가 끝까지 가 본 적이 없는 먼 길이 있으리라

매순간 사랑으로 나를 깨우며 어디서든 평온으로 가
는 길

살아서 언제쯤이면 그 길 끝에 도달할 수 있을까

나를 다 내려놓기 전에는 죽음으로도 끝내 도달할 수 없는 그 길에

지우개

수업 시간에 은유 만들기 실습을 했는데

한 학생이 이런 구절을 만들었다.

"이별은 사랑의 지우개다"

이 표현이 재미있어

나도 지우개 몇 개를 만들어 본다.

적요는 소리의 지우개

세월은 흥망성쇠의 지우개

동심은 탐욕의 지우개

긍정은 슬픔의 지우개

배움은 무지의 지우개

배려는 소원함의 지우개

베풂은 이기심의 지우개

정직은 무질서의 지우개

용서는 응어리의 지우개

이해는 갈등의 지우개

사랑은 쓸쓸함의 지우개

무심은 만물의 지우개

깨달음은 번뇌의 지우개

......

내가 갖고 싶은 지우개

내가 사람들과 널리 나누고 싶은 지우개

많이 써도 줄거나 닳지 않아

오래오래 쓸 수 있는 지우개

시를 고치며

변변찮은 시 한 편을
살려보고자
고치고 고치고 또 고쳤더니
한 시간이나 더 훌쩍 지났네.

문득 드는 부끄런 생각,

시를 들여다보고 또 들여다보고
좀 더 좋은 모습을 찾고자
고치고 또 고치는 것처럼

나는 더 좋은 모습을 찾고자
내 언행을 얼마나 골똘히 살펴보았을까
내 인격을 얼마나 다듬고 또 다듬어 보았을까

누군가의 가슴 속에

깊이 새겨지도록

말과 행동으로 쓰는 시

인품이라는 시

영혼이라는 시

삶이라는 이름의 시

햇살처럼 물살처럼 하늘빛처럼

속이려야 속일 수 없고

꾸미려야 꾸밀 수 없는 가장 진실하고 실천적인 시

오직 순수하고 성숙된 영혼만이 쓸 수 있는

그런 기품 있는 좋은 시 한 편 못 쓰고서……

내 시의 무게

내가 평생 쓴 몇 백 편의
시의 무게는 얼마나 될까?

봄날 햇살 반 근만 할까
가을밤의 달빛 한 근만 할까
겨울밤의 별빛 두 근만 할까
혹은
물결에 볼 부비며 노니는 바람 세 근만 할까
강물에 누운 보드라운 산그늘 네 근만 할까
마른 대지를 적시는 맑은 빗소리 다섯 근만 할까
아침 바다의 시원한 파도소리 여섯 근만 할까
그도 아니면
장미 정원의 향긋한 향기 몇 근만 할까
깊은 숲 속의 촉촉한 고요 몇 근만 할까
호수의 잔잔한 수면에 깃든 하늘빛 몇 근만 할까

내 영혼에 쓸쓸함과 그리움과 영원을 빚어서 만든

내 시의 무게는······.

시작(詩作)에 대한 명상

한 천 편쯤
시를 쓰면 마음이 맑아질까
한 30년쯤
그리 오래 쓰면 내면이 지혜로워질까

아님, 한 생을 지탱하는 버팀목은 될까
누군가에게 깊고 따뜻한 입김은 될까

이도 저도 아니면
시는 써서 무엇 하나,

징검다리처럼 이 생과 저 생을
계속 건너가리니

숱한 생을 살고서도

마음의 찌꺼기 다 걸러내지 못해
자기 하나도 깊이 정화시키지 못한다면
밑 없는 언어의 우물에
무엇이 고이리라 기대할거나,

자기 하나도 다 깨우지 못할 벼락이라면
한 생도 건너지 못할 부실한 진실이라면
한 세기도 견디지 못할 열기와 고독이라면!

시 쪽으로 함께 가는 길

천년 전에도 시와 시인이 있었고

천년 후인 지금도 시와 시인이 있듯이

다시 천년 후에도 시와 시인이 있으리라

'달라진 듯 달라진 게 없는

이전투구와 미혹의 세상에

시와 시인은 무슨 가치가 있을까…'

이런 질문을 던지며

그들은 저마다 같으면서도 다른 길을 걸어가리라

자기만의 빛깔과 숨결을 찾으며

판화를 새기듯 끝없이 자신의 시를 모색하리라

그 사이 수없는 비와 바람과 햇살과 천둥이

계절의 순환과 함께

마음의 빗금처럼 지나가리라

숱한 삶과 죽음도 끝없는 이야기처럼 지나가리라

서로의 마음이 수없이 포개어지고 또 나뉘면서

천년에 또 천년, 그리고 다시 천년

변하면서도 변하지 않는

언어의 오솔길을 끝없이 홀로 걸어가리라

홀로 가면서 늘 함께 가는 그 길을!

삶은 눈빛으로 말한다

눈빛들은 어쩜 그리도 많은

빛깔과 음영을 지녔을까

봄비처럼 마음둘레에 젖는 눈빛

유리 파편처럼 차갑게 외면하는 눈빛

오목 거울처럼 시침이 떼는 눈빛

버려진 그릇처럼 무관심한 눈빛

체인처럼 무언가에 얽매인 눈빛

난초처럼 너그럽고 싱그러운 눈빛

가시 덩굴 같은 오해와 갈등의 눈빛

벽돌 미로 같은 미혹과 배타의 눈빛

낙수받이 같은 기대와 기다림의 눈빛

촛불이나 장작불처럼 무언가를 밝히는 눈빛

불화살처럼 가슴에 와 박혀

인생의 항로를 바꾸기도 하는 눈빛……

오늘은 가을비가 오고 마음의 둘레에

그리운 눈빛이 고이는 시간

나를 스쳐간 삶의 눈빛들을 시간의 유물처럼

찬찬히 헤아려 본다

마음의 연못이거나

영혼의 명함 같은 수많은 눈빛

저마다 감정을 쏟아 부으며

생의 인연들을 파닥이게 하는 눈빛

생명의 불꽃처럼

삶의 시작과 끝을 알리는 눈빛!

삶은 눈빛으로 이어져 왔으니

내 눈에 닿았던 첫 눈빛은 무엇일까?
내 생에 닿을 마지막 눈빛은 무엇일까?

우물에 물이 고이듯 삶은 처음부터
끝없는 눈빛으로 이어져 왔으니
내 안에 스민 눈빛은 얼마나 될까?
또 내가 보낸 눈빛은 무엇이 되었을까?

때로는 얼음 같고 때로는 불씨 같았던
마음의 전류가 흐르는 삶의 수많은 눈빛들
온갖 감정과 욕망과 사연이 담겨진 눈빛들
그 눈빛 속에 비친 수많은 너, 수많은 나

살아온 날과 살아갈 날들 사이에
사랑한 것과 사랑하지 못한 것들 사이에

수많은 눈빛들이

나를 비추는 하얀 비늘처럼

내 눈동자와 가슴에서 계속 꿈틀거린다

나와 삶 사이에 있는 것들의 목록

내가 원했던 삶과

있는 그대로의 삶 사이엔

무너진 꿈과 멀어져 간 그리움과

타다 만 장작 같은 아쉬운 사랑과

가지지 못한 것들에 대한 서러움과

산 너머에 뭉게구름이 되어버린 영예와

곰팡이 같은 자기비하의 눅눅한 날들과

갈 길 잃어 헤매이던 절망 속 한숨과

분노의 분수에서 솟구치는 까끌까끌한 증오와

돌 던져진 못의 물결처럼 끊이지 않는 회한과

그림자처럼 따라다니는 두려움 혹은 머뭇거림과

송사리떼처럼 흘러가 버린 아까운 시간들과

함께 아파했던 가족들의 슬픔과 걱정과

끝없이 쏟아진 삶의 비의에 대한 질문이 있다

그래서 내가 원했던 삶과

있는 그대로의 삶 사이엔

봄물처럼 깨끗이 흘려보내야 할 과거와

새살처럼 치유해야 할 상처와

첫눈처럼 씻고 지워야 할 울분과

겸허히 받아들여 할 모든 현실과

안과 밖에 함께 비춰야 할 촛불 같은 용서와

내면에 대한 프리즘 같은 투명한 탐구와

계속해서 배워가야 할 삶의 지혜와

성장을 지속시킬 칼날 같은 자기점검의 절제와

은어떼처럼 놓쳐버린 삶의 무수한 아름다움과

감사하고 축복해야 할 꽃씨 같은 일상과

하늘이 고통 속에 숨겨둔 삶의 섭리와

끝까지 찾아내야 할 삶의 본질에 대한 거울 같은 깨달
음과

죽순처럼 다시 일어서야 할 비전의 의지가 있다

우울증

하루 이틀을 엎지른 것도 모잘라

한달 두달을 통째로 다 엎지르고 말았다

엎질러진 날들이 너무 아까워

뒤돌아보며 홀로 여러 날 가슴을 쳤다

내가 쏟아버린 것이

시간만은 아닐 것이나

폭풍 미몽에서 깨어 처음 바라보듯

거짓말처럼 높고 푸른 하늘을

한 번씩 물끄러미 쳐다보며

허물어진 마음 처마를 겨우겨우 수리했다

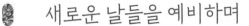

새로운 날들을 예비하며

따라오지 마라 했는데 왜 계속 따라오느냐

내가 외로울까봐 너라도 곁에 있어주려 하는 것이냐

여우비 내린 오후같이 시들부들한 마음의 뒤안길로

이제 그만, 제발 그만 따라오라 했는데

시든 들꽃처럼 빛깔도 향기도 없이 이리저리 부석거

리며

시간의 그림자만 붙잡는 회한아,

결빙된 마음을 녹이는 기도의 촛불 곁에서

함께 타는 심지의 따뜻한 그림자나 되려무나

모든 밤이 모든 아침이 될 때까지

모든 길과 발걸음이 화평에 닿을 때까지

상처가 나에게

산간지역의 빙하가 녹으면서

고대 유물이 하나둘 발견되는 것처럼

내가 다 녹으면

네가 몰랐던 보물 같은 진실들이 발견될 거야

마음이 녹을 때만 반짝이는 물결이

네 안에서 물거울처럼 빛날 거야

다만 나는 바다가 갯벌을 껴안아주듯

햇살이 빙벽의 냉기를 어루만져주듯

네가 나를 깊이 받아줄 때만 녹을 거야

그러니 기억하렴

언제까지나 내가 너를 기다리고 있다는 것을

얼어붙어 있던 잉크를 녹여 시를 쓰는 시간처럼

오직 너에게 봄물 흐르는 너울길이 되고 싶다는 것을!

해빙기로 가는 시간

1

긴긴 빙하기를 거쳐 왔으나

어느 누구도 따뜻한 입김을 내게 부어주는 이 없었다

시리고 아픈 가슴으로 오래 외로웠으나

생의 모든 것은 나의 몫이자 책임일 뿐

'불행이 건드리고 간 사람들은 늘 혼자'[2]라는 말처럼

절망은 안과 밖이 차단된 구렁과 같았으니

내게 마음을 주던 사람들도 하나둘 멀어져 갔다

2

불행이 건드리고 간 사람이 어디 나뿐이랴

  세상에 가장 흔한 것이 소외의 장벽이요 자실(自失)의

빙판인 것을!

---

2 헤르베르트 시구

안개처럼 자욱한 회한의 한숨을 뒤로 하고

새벽을 향해 끊임없이 걷고 또 걸어야 했다

나를 찾아 헤매는 술래의 시간 속에서

열리지 않는 문들을 두드리며 끝내

반딧불처럼 자기 안에 불을 꺼트리지 말아야 했다

별이 다른 별의 빛을 반사해 빛나듯이

불면의 베개와 망설임의 갈림길 속에서도

반사경처럼 모든 것에서 나의 빛과 길을 찾아야 했다

3

고치 속 애벌레가 나비의 시간을 잊지 않는 것처럼

꽃은 오직 어둠을 견딘 뿌리의 힘으로 자라나는 것!

지나간 모든 좌절과 고립의 순간들을

고치와 뿌리의 시간으로 환원하는 것으로

나는 어둠 속 횃불처럼 꽃과 나비의 시간을 부르리라

4

저 높은 산 만년설의 얼음도 녹아야 흐르듯이

나를 녹여 오직 더 낮은 곳을 따라 흐르리라

어떤 곳이든 굽이굽이 지긋이 에두른다면

눈 녹은 물들의 노래를 따라 부르며

초록으로 눈 뜨는 풀잎과 나무들 사이로

제 길 가는 발걸음을 오롯이 찾을 수 있으리라

5

신이 숨겨둔 태양이 내 영혼의 언덕에 있어도

그 빛살은 마음을 꺼뜨리지 않을 때만 내 안에서 빛나

는 법

겨울밤 홀로 타는 촛불처럼

나를 녹이는 것이 내 안에 있음을 알 때까지

나는 오래도록 원망과 자괴와 좌절의 결빙 속에 있었다

그림자까지 굳은 무문(無門)의 빙벽 속에 홀로

스스로 눈과 귀와 가슴을 닫은지도 모른 채!

2부

아주 짧은 인생학 개론

크게 보면

어제 같은 오늘

오늘 같을 내일

같으면서 다르고

다르면서 같은 날들,

희로애락의 퍼즐로 살아가는

나 같은 너

너 같은 나

피와 숨과 땀 사이

같으면서 다르고

다르면서 같은 우리!

존재론

새가 하늘을 나는 것은 그 날개의 크기와는

아무 상관이 없다

배가 바다에 뜨는 것은 그 선체의 크기와는

아무 상관이 없다

사람이 좋은 사람이 되는 것은 그 가진 것의 크기와는

아무 상관이 없다

눈물의 중력

어느 시인은
팔이 날개가 아니라서 날 수 없으나
껴안을 수는 있다고 했다

눈물은 둥글어도
동전이 아니라서 적선을 할 수는 없으나
함께 아파하며 슬픔을 적실 수는 있다

그러나 날개보다 팔이, 때로
동전보다 눈물이
더 세상을 끌어당긴다

높고 쓸쓸한
서로의 마음 안쪽으로!

둥근 마음

어떤 이는 말하길 지구는 둥글어서 구석이 없다 하였다

내 마음도 온전히 둥글어진다면 구석이 하나도 없을 터

둥근 것은 높고 낮음이 없어서 모든 부분이 꼭대기가
된다

그러니 그래서 그러므로

구석 없는 둥근 마음들은 언제나 이 세상의 찬란한 꼭
대기이리라

눈물값

어느 날 눈물이 내게 물었다

얼마나 되니,
자신을 위해 흘린 눈물 말고
타인을 위해 흘린 눈물이?

꽃씨처럼 혹은
그 꽃씨의 눈을 틔우는
맑은 햇살처럼
세상의 슬픔과 아픔에 살포시 얹힐
네 영혼의 빛깔과 질량이!

하얀 공덕

공원에서 잃어버린 두 딸을 찾아

20년이나 고아원을 돌며

주말마다 이발 봉사를 다녔던 아버지

쓰린 마음 천만 번도 더 자른 후에

자른 머리만큼이 공덕이 되었던지

부산에서 잃어버린 딸들을

서울에서 20년 만에 찾았다네

더하여 덤으로 사위와 손자도 얻었건만

자식 잃고 하루하루 눈물인 분들에게

작은 희망이 되고 싶다며

휴일이면 빛바랜 하얀 머리로

다시금 선선히 이발 적덕(積德)에 나선다

선생님께 묻는다

중학교 때
양손으로 동시에 양쪽 빰을 때리는
노처녀 국어선생님이 있었네

시험 점수가 낮을 때나
혹은 수업시간에 말썽을 피웠을 때,
먹구름이 없는 날에도
우리들의 양 빰엔 벌겋게 쌍벼락이 쳤었네

25년 전이니까, 시집을 가서서
선생님도 이제 제 목숨 같았을 아이들을
다 키우셨을 텐데……
혹 만나게 되면

살짝 물어보고 싶다

당신의 아이들 키우실 때도

조금의 망설임도 없이 그렇게

번번이 양손으로 뺨을 때리며 키우셨는지

알맞음의 미학

양념이 적지도 않고 많지도 않게 들어가야

음식에 제 맛이 나는 것처럼

작물에 물을 너무 많이 줘도 안 되고

너무 적게 줘도 안 되는 것처럼

체온이 너무 높아도 안 되고

너무 낮아도 안 되는 것처럼

모든 때가 이르지도 않고 늦지도 않게

생각이 앞서지도 않고 뒤쳐지지도 않게

마음이 너무 가볍지도 아주 무겁지도 않게

웃음과 눈물과 그리움이

넘치지도 않고 모자라지도 않게

인생의 빛과 그늘이

영혼의 처마에 적지도 않고 많지도 않게

이면지

이면지를 버릴 때마다

왜 죄책감이 드는 걸까

쓰지 않은 종이의 한 면이

왜 쓰지도 않고 나를 버리냐고

원망하는 듯해서 매번 마음이 멈칫한다

나무가 숨결로 쏟아내던 맑은 산소와

그 가지에 깃든 새소리와

햇살 깃든 수많은 꽃과 열매와

바람도 쉬어가는 그윽한 그늘과

생명력으로 가득한 그 모든 것을

통째로 맞바꿔 무생물로 환원된 종이

우리가 쓴 종이는 얼마만큼의

빛과 그늘을 가졌을까

내가 무심코 외면한 누군가의 뒷모습 같은

이면지를 버릴 때마다

숱하게 버려지는 모든 종이를 볼 때마다

목숨으로 내어준 나무의 속살을

쓸모없게 한 듯하여

나무에게 자꾸 미안해진다

생명의 연대기(連帶記)

바닷가에 놀러갔다 오신 어머니가 아주 조그만 새끼 홍합을 한 가득 따 오셨다. 고 귀엽고 앙증맞은 새끼 홍합은 이내 죄다 냄비에 담겨 뽀얀 홍합국이 되었다. 어린 목숨들이 펄펄 끓는 냄비에 함께 수장되어 단번에 국물이 되었으니, 그 생들은 정녕 무엇을 위한 것이었을까?

우리의 몸이란 뭇 생명들이 쌓아올린 소신공양의 사리탑과 같으니, 나란 내게 목숨을 내어준 뭇 생명들의 집합체가 아니던가? 생의 영위란 언제나 뭇 생명들이 만든 보시의 도미노 속에 있는 법! 하여, 우리 삶이란 그 무엇으로든 그 숱한 생명들에 대한 엄중한 보답이어야 하지 않겠는가?

아 나는 한 끼의 저 새끼 홍합들만큼이라도 다른 이에게 생명을 더해주는 존재가 되었던가? 변변찮은 나는 천

지만물에 그 무엇으로 보답할 자신도 없고 꼭 두세 살 꼬
마들 같은 어린 홍합들이 자꾸 생각나서…, 어머니께 다
시는 다 크지도 않은 새끼 홍합을 따오지 말라고 간곡히
당부하듯 말했다.

오이 부부

산 중턱 등산로에 놓인

네모난 큰 소쿠리에 한 가득 담긴 오이

사람들이 신기해하며 먹지만

누가 가져다 놓았는지는 모른다

작은 식당을 운영하는 부부가

등산객들을 위해

매주 두 번 오이를 놓고 간다네

사기를 당해 인생의 쓰디쓴 맛을 보고서도

또 틈날 때마다 양로원을 찾아

어르신들께 음식을 해드린다는 부부

벌써 4년째 그렇게 해왔다는데

숱한 박사들도 배우지 못한 것을

그들은 어디서 배웠을까!

문득 오이 다 빠져나간

빈 소쿠리가 우리에게 묻는다

오이만 말고

그 소쿠리에 담긴 높은 마음까지

가져간 이는 얼마나 되느냐고

간격

신호를 기다리며 잠시 딴 생각을 하다가
앞차를 들이받고 말았다
모르는 사이
너와 나의 거리가 너무 좁아져서
생각과 생각의 거리가 너무 좁아져서

단어와 단어 사이에 간격이 없다면
왼쪽과 오른쪽 눈 사이에 간격이 없다면
줄에 걸린 빨래와 빨래 사이에 간격이 없다면
그래서 그 둘이 겹쳐지거나 부딪친다면
어떻게 될까

부부싸움부터 국가 간의 전쟁에까지
지상의 모든 충돌은 간격이 없어 생기는 일
간격이라는 이름의

여유와 배려가 없어 생기는 일

폭우처럼 내게 시시각각 다가오고 쏟아지는

모든 간격 앞에 한 발 물러서

경건히 고개 숙인다

동그란 연잎이 서로 떨어져 있듯

나와 너를 살려주는

모든 존재 사이의 거리에 대하여

징검돌처럼 지켜야 할

삶의 모든 보폭에 대하여

부끄러움을 모르는 세상 앞에서

신문을 보다 보다
시끄러운 지면 위에
꼭꼭 눌러 이렇게 적어 본다

'정직과 양심은 모든 정의의
첫 번째 거울이다
모든 사람의 이면과
세상의 진실이 다 비치는 거울'

마음을 비추는 거울이 있다면
그 앞에
누구를 먼저 세워야 할까

나를 나이게 하고
너를 너이게 하는 것

나라를 나라이게 하고
세상을 세상이게 하는 것

그 반듯한 거울이 없어
온갖 가면 속에서
다들 자신만의 정의를 외치며
세상이 온통 이리저리 기우는
질시와 비명의 찬란한 군락 속이다

칼과 저울을 든 준엄한 정의 앞에
오롯이 세울
만인에게 떳떳한 발가벗은 마음 한 채도 없으면서……

어떤 비늘을 읽다

"서울대를 나왔든 사법고시를 패스했든 공부 잘하면 뭐 하나? 권력에 아부하고 기득권에 편승하는 족속일 뿐인데, 그릇이 작으면 뭘 해도 어떤 자리에 있어도 자신의 이익과 영달을 쫓아가는 것밖에 모르는 그저 이름 높고 빛깔 좋은 속물일 뿐인데!"

세상 뉴스를 보기에도 지치고 진저리가 나는 날에, 누군가의 짧은 댓글의 일갈에서 변함없는 세상사와 후대에 남길 사관 같은 직필을 함께 본다.

무릇 엘리트들이 그릇이 작으면 그 나라엔 희망이 없는 법이니 무엇으로 우리는 저마다의 그릇을 키울 것이며, 무슨 진실과 가치로 이 시대를 건너가야 할까! 거대한 탁류처럼 바뀌어야 할 것은 계속 바뀌지 않고, 높고 가파른 목소리가 담긴 민중의 작은 댓글들에 역사의 물꼬가 햇살

비늘처럼 잠시 머무르다 무심히 흘러갈 뿐이니……

어떤 왕조

세종의 여덟 번째 아들 이염에겐

무려 만 명의 노비가 있었다고 한다

그들은 태어날 때도 노비요

서너 살 때나 자식을 낳을 때도

또 죽어갈 때도 그저 노비였을 터

허니 그들에게 한번이라도 태평성대가 있었을까

조랑말 반값이나 3분의 1 가격에 팔렸던

그 생의 무게는 어느 정도 되었을까

인의의 담론은 넘쳐났으나, 누구도 기록한 적 없었으니

그 비통과 절절한 간난신고는 어디서 들을 수 있을까

그들의 자식에 자식에 자식들도 대대손손

조선이 완전히 망하는 그날까지 노비였을 터이니

그들에겐 나라가 망하는 게 되려 다시없는 구원이 아니었을까

모든 이를 위한 저울

서울에서 슈퍼를 하던 50대 부부는 장사가 안 되는 것을 비관해 동반 자살을 했다고 하고, 다리를 다쳐 일을 못 나가던 아주머니는 어찌할 수 없는 상황에서 자식 셋과 스스로 목숨을 끊었다고 한다. 비슷한 사연의 기사를 나날이 접할 때마다 가슴 밑이 한참 서늘했는데, 국회의원들이 65세부터 죽을 때까지 매달 120만원씩 받는 연금법을 통과시켰다는 기사를 함께 본다. (목숨 받쳤던 6·25 참전용사 할아버지들이 받는 연금은 고작 월 9만이요, 독립운동가 후손에겐 연금 한 푼이라도 더 깎으려 했던 그들이 아니던가.)

백년 전쟁 당시 프랑스 한 도시가 몰살 위기 처했을 때, 여섯 명이 대신 죽으면 다른 이들은 살려주겠다는 영국 왕의 약속에 다른 시민들을 살리기 위해 자신들이 죽겠다

고 선뜻 나섰던 여섯 명의 고위층을 생각한다.[1]

키 높은 나무도 웅대한 산도 그림자는 언제나 아래로 드리우느니 영혼의 무게를 재는 저 숭엄한 노블리스 오블리제라는 저울에 누구의 등을 제일 먼저 밀어볼까? 똑하고 잘난 사람 많겠지만 그 저울 앞에 떳떳하고 용감한 이 몇이나 될까? …… 아, 세상사를 보노라면 저 높고 매서운 저울 하나로 역사의 판을 뒤집어엎었으면 싶을 때가 가끔 있다.

---

1 4세기 백년전쟁 당시 영국군에게 프랑스 도시 칼레가 포위당한다. 저항하다 끝내 항복한 그들은 영국 왕에게 항복사절단을 보낸다. 이에 영국의 왕은 이렇게 처결을 내린다. "좋다 모든 칼레 시민의 생명을 보장한다. 그러나 누군가 그 동안의 반항에 대해 책임을 져야 한다. 이 도시의 시민 여섯 명이 목을 매 처형당해야 한다." 광장에서 이 소식을 전해들은 칼레의 시민들은 금세 혼란에 빠졌다. 모두들 죽음의 두려움 앞에 스스로 죽기로 자청하는 이가 없었다. 그때 천천히 일어나 앞으로 나온 사람은 칼레 시의 가장 부자였던 이 "내가 그 여섯 사람 중 한 사람이 되겠소." 그 뒤를 이어 다시 시장이 앞으로 나섰고, 다른 귀족들이 또 그 뒤를 이어 여섯 명이 채워졌다. 그러나 이튿날 아침 속옷 차림에 목에는 밧줄을 걸고 죽음을 목전에 둔 그들에게 놀라운 소식이 전해졌으니, 임신한 왕비의 간청을 들은 영국 왕이 '죽음을 자청했던 그들'을 살려주기로 했던 것이다. 이 일화는 흔히 노블리스 오블리제의 기원이 된 이야기로 전해진다.

급구

벼룩시장의 구인광고를 보는데
술집에 아가씨 구하는 문구가 어찌 그리 많은지
여기도 급구 급구
저기도 급구 급구 급구

스무 살에 분개하며 보았던
절박을 가장한 속없는 그 외침들을
20년이나 지난 오늘에도
나는 또다시 보고 듣는다

욕정과 이해타산만 넘쳐나는 세상에
진정 무엇을 급구해야 하는지도 모른 채
급구만 외쳐대는 눈 먼 비둘기처럼
급 구구구구

줄곧 쓰임새 잃은

급구라는 단어도 제 스스로 부끄러워 할

크고 작은 혹은 높고 낮은

급구 급구

급구……

떠나갈 자유

관결문은 연인을 죽인 이들의 이유를 이렇게 기록하고 있다[2]

"피해자가 헤어지겠다는 의사를 밝히자…"

"헤어진 피해자를 찾아가 대화를 하자고 하였으나 응하지 아니하자…"

"피해자에게 다시 교제하자고 하였지만 끝내 이를 거절하였고…"

사랑은 믿음 속에 있을까 아님 환상 속에 있을까

그들도 한때 서로 사랑한다고 믿었을 것인데

소나기처럼 함빡 젖었던 날들은 어디 가고

그들의 사랑은 왜 밑 없는 거품처럼 다 꺼져버린 것일까

---

2   2016년부터 2018년까지 3년 동안 교제살인으로 연인에게 108명의 여성이 목숨을 잃었으니 교제살인으로 최소한 열흘에 한 명이 사망한다고 한다.

사랑의 여울에도 허방이 있으니

들어가면 나올 수 없는 애증의 통발일랑 지뢰처럼 해체하고

서로의 거리 잘 조정해야 한다는 것을,

사랑은 숨결을 고르며 언제나 시간의 아래쪽으로

맑고 부드러운 강물처럼 흘러야 하는 것을

그 물결 속에선 오직 사랑할 자유만 있다는 것을 몰랐을까

아, 사랑은 생의 가장 따뜻한 버팀목을 만드는 일일 텐데

사랑할 때는 무엇을 믿어야 하는 것이며

또 무엇을 믿지 말아야 하는 것일까

거센 역류처럼 사랑을 잘못한 죄로 남자는 살인범이 되고

여자는 죽임을 당해야만 하다니……

찢어진 숨결

어쩔 수가 없었죠
이국 만리 말도 안 통하는 전쟁터에서
총칼의 위협 앞에 어쩔 수가 없었죠
끝까지 저항하던 열여덟 내 친구 순이는
음부에 총을 맞아 죽었지요.

하루에 많을 땐 70명이나 남자를 받았지요
누가 믿겠냐만
나는 사람도 짐승도 아니었지요.
그래도 끝내 고향으로 돌아가 부모님을 다시 뵙고 싶어
죽지 않고 살았지요.

하지만 전쟁이 끝난 후에도
저는 영영 고향에 돌아가질 못했어요.
가시울타리 같은 세월을 안고

늘 그리움에 가슴 치고 눈물지우며

평생 일본이 망하기만을 빌면서 살았지요.

무슨 낯으로 딸들을 키우고,

손녀들을 안는지

참회도 사과도 할 줄 모르는 그들은

사람도 짐승도 그 무엇도 아니지요

일본이 망하는 걸 꼭 한 번 보고 싶었지요

끝까지 살아서

벌 받을 사람 벌 받고

세상이 한번 깨끗해지는 걸 보고 싶어서 살았지요.

영화「웰컴 투 동막골」

감독이 와서 인사까지 하고서

연구원 대강당에서 상영된 영화

영화가 끝나고 자막이 올라갈 때

너무나 재미있게

영화를 본 나는 팝콘처럼 가슴이 뭉클해

그 여운을 느끼며 눈물을 닦으려는데

갑자기 정적의 공간을 찢듯

어느 중년 여성의 앙칼진 목소리가 매섭게 터져 나왔다

"저거 **빨갱**이 영화야, **빨갱**이 영화……"

벼락 맞은 듯 너무 놀라고 의아했던 나는

그날 이후 오랫동안 한참을 생각해 본 후에야

저런 엇박자 얼치기 소리가 왜 튀어나왔는지

빨갱이라는 단어가 얼마나 소름끼치는 것인지

그 속에 얼마나 많은 질곡과 반목의 역사가 담겨 있는지

그제사 처음 알았다

분단 반세기도 끌어안지 못한 가슴의 화인(火印) 같은
단어

전혀 허물어지지 않는 거대한 의식의 벽같이

여전히 모든 화해를 거부하는 저 가파른 목소리

아아, 영화 엔딩 속에 쏟아졌던 장엄한 폭설이

저 마음의 협곡까지 하얗게 다 내려덮었으면 좋았으련
만!

권위와 권위 없는 것에 대하여

어느 시인이 합평 모임에 대한 일화를 얘기해주었다. 합평을 하는 시 쓰기 모임에 문학상을 받은 유명한 시인의 시를 마치 자신이 쓴 시인 것처럼 해서 몰래 소개를 해보면 평소처럼 온갖 지적과 비판이 쏟아졌다고 한다. 그런데 나중엔 그 시가 문학상을 받은 시라는 사실을 밝히면 머쓱해하거나 다들 교묘하게 말을 바꾸었다고 한다. 그런 일이 한 번도 아니요 여러 번이나 있었다고 한다.

어찌 시평만 이러하랴. 시각의 직립(直立)이 없어, 어느 곳이든 자기 안의 눈으로 올곧게 자기 안팎의 진실을 대면하기보다 편견과 권위 속으로 졸랑졸랑 블랙홀 같이 빨려들어 가는 세상이거니! 어디서든 권위는 사람의 시각과 마음을 단숨에 바꿔버리는 마법의 프리즘이라도 되는 것일까. 세상에 수없이 많은 권위 없는 것들, 그 중에 값진 것들조차 그 프리즘의 빛을 얻기 전까지는 무명이라는 어둠의 바닥에서 오래 뒹굴어야 할 터인데, 아 세상의 자력

에 굴하지 않고 그 빛을 드러낼 맑고 깊은 눈은 어디서 찾

을 수 있을지……

우리 시대의 은유법

"검찰은 개다. 그 개를 추종하는 기자들은 개만도 못하
다. 바퀴벌레다."

"검찰인가. 자유당 부설 흥신소인가? 참 너절한 종족이
다."

은유로 깊고 아름다운 사랑을 노래했던

어느 유명한 시인의 트윗에서 정치에 대한 거침없는 은
유를 읽는다

카타르시스가 있는 욕설의 미학이 은유와 만났으나

어느 시대든 시를 쓰기보다 분노를 사랑으로 바꾸기가
훨씬 더 어려운 법!

시 속의 그럴싸한 은유는 현실의 직정적인 은유와 얼마
만큼의 거리일까

시의 은유와 일상의 은유가 진실로 따뜻하게 만나야 할

곳은 어디일까

　그리고 은유가 우리를 데려가야 할 곳은 혹은 데려갈
수 있는 곳은 어디까지일까

　은유는 천지만유를 꿰며 고금을 넘나드는

　마음과 세상을 담는 오묘한 그릇일 것이니

　아수라 같이 시끄럽고 속된 세상의 분진 속에서

　우리시대의 은유 속에 우리가 꼭 담아야 할 것은 어떤
것일까

　고귀한 유산처럼 시공을 건너갈 정신의 빛과 무늬 같은
것은……

성자의 길

깨달은 자에 대한 이야기를 들을 때마다 생각한다

진리의 말들은 무수히 많으나
쇠똥구리가 생을 굴리듯
온몸으로 세상을 밀고가지 못하는
깨달음이라면,
속세 밖에서 혼자서 누리는
호젓한 깨달음이거나
그저 설원에서 저 홀로 지나는
맑은 바람에 불과하다면
이 세상 무엇에서 성자의 길을 찾으리
모든 속(俗)의 분진을 껴안고
사람들의 가슴에 떨어지는
광활한 불씨가 되지 못하거나
새로운 삶과 미래를 잉태하고 약속하며

끝내 우리 세상의 어떤 한 귀퉁이라도 열어주는

모든 길들의 빗장이 되지 못한다면······

천둥

깨어있지 않은 모든 이에게

내려치는 하늘의 찬란한 죽비다

잠들어 있는 정신을

다 깨우고 가는 불의 웅대한 경적이다

오직 알아들을

눈과 귀가 있는 이들에게만 닿는

높고 뜨거운 전언이다

성선설(性善說)

하늘 아래 사랑받고 싶지 않은 이는 없듯이

물이 가득 차올라 생기는 물거울처럼

자기 안에 사랑이 그득 채워져야 비로소

세상을 비춰볼 수 있는 내면의 거울이 생겨난다

구름도 산그늘도 하늘빛도 다 사라져버린

물이 다 빠지거나 수면이 얼어붙은 저수지를 보라

정녕 그 거울 없이 바람 한 줄기인들 제대로 비춰볼 수 있으랴

모두를 살리는 첫걸음

세상 사람들이 저마다 모두

1%씩만 더 착해진다면

단지 1%씩만 더 서로를 배려하고 도우며 살아간다면

세상은 어떻게 바뀔까

사람들이 저마다

하루에 미소 한번만 더 지어도

서로를 비추는 70억 개의 미소가 매일 생겨날 것인데

저마다 손 한번만 잡아줘도

수많은 결속이 생겨나 서로를 붙잡아 줄 것이고

위로와 격려의 말 한 마디씩만 해도

삶의 질곡에 꽃향기처럼 온기가 피어날 텐데

모든 이의 안녕과 번영을 위해

이보다 중요한 일이 무엇이 있을까

먹는 밥에서 한 숟가락만 덜어서 나누어도

굶주리는 사람이 거의 없을 것이고

무기 만드는 천문학적 돈의 1%만 줄여

이웃나라를 돕는다면 전쟁은 저절로 다 사라질 텐데

다들 1%만 이기(利己)의 무지를 지울 수 있다면

그 1%를 공생의 마음으로 전환할 수만 있다면

거대한 빙산이 녹듯 그 첫걸음을 따라

세상이 굴렁쇠처럼 좀더 원만하게, 따뜻하게 굴러 갈

수 있을 텐데

보편적 독자

시 별로 안 좋아했는데 이 시는 참 좋았어요

막 어렵고 난해한 시는 뭔 말인지 도통 모르겠더라구요

저는 제발 시인들이 시를 좀 쉽게 썼으면 좋겠어요

이리 비틀고 저리 꼰 분재용 철사처럼

문장을 있는 대로 비틀고 꼬운 너무나 인위적인 시들을

보고 있으면

멀쩡하던 머리도 어질어질 해지더군요

제발, 심오한 척 겉멋 내지 말고

누구나 편히 읽을 수 있게 최대한 쉽게 썼으면 좋겠어요

쉬우면서도 기품과 격이 있는 시,

저는 그런 시가 마음에 닿는 진실하고 좋은 시인 것

같아요

머리 아프게 하는 시가 아니라

눈을 맑게 하고 마음을 편안하게 해서 삶에 위안과 치

유를 주는 시,

그런 시라야 더 많은 사람의 가슴을 건너갈 수 있지 않을까요

그런 시라야 세월의 먼지와 바람에 묻히지 않을 수 있지 않을까요

심금 열두 줄에 손가락 하나 못 얹는

그런 지나치게 작위적이고 난삽한 정신분열증 같은 시 말구요!

순간살이

나비는 고작 보름을 살다 간다
하루살이는 고작 하루를 살다 간다
순간은 고작 순간을 살다 간다

태어나자마자 사라지는 수많은 순간이여!
영원토록 거듭 새로워지는 순간과 순간이여!

순간과 순간이
언제나 등과 등을 포개고 있는
우리의 삶은
매 순간 죽고, 매 순간 새로 태어나는 일이다

영원의 작고 작은 깜박임 속에서
다시없을 만큼 뜨겁고 투명하게
순간과 순간 사이의 빛을

삶의 날개에 고이 실어야 하는 순간살이다

하루라는 꽃

하루하루가 신이 건네준

시간의 꽃이라면

나는 이미 만 오천 송이의 꽃을 받은 셈이다

허나 나는 그 꽃으로 무엇을 했던가

다시없을 하늘의 꽃을 받듯

소중히 여기는 마음이 있을 때만

활짝 피어나는 하루

내 발걸음 따라

세상 어느 곳에서든 피어나는

그 꽃잎의 빛깔과 향기가

더없이 싱그럽고 다채롭게

마음의 정원에

미소와 웃음이 빗물처럼 스미게

늘 깨어서 살아야 하리라

햇살에 눈뜨는 프리즘처럼

내 안의 모든 빛이 깨어나도록

그 꽃의 향기와 그늘까지

생의 물결에 유유히 떠가도록

삶은 만남으로 이어져 있으니

—류시화 시인의 「독자가 계속 이어서 써야 하는 시」에 답하여

1

빗소리로 마음을 찬찬히 적실 줄 아는 이와

호수처럼 고요한 내면으로 자신을 들여다볼 줄 아는

이를

술자리보다 책을 더 가까이 하는 아버지와

자기 아이뿐 아니라 다른 아이들까지 생각할 줄 아는

어머니를 좋아한다

교육이 세상을 바꾸는 성직임을 아는 깨어 있는 교육

자와

정치를 만인을 위한 봉사로 여기는 머슴 같은 정치인을

좋아하고

경청이 존중의 반석이자 친밀감을 만드는 첩경임을 아

는 이와

유머나 미소로 시간의 촉감을 바꿀 줄 아는 이를

꽃씨 뿌리듯 모든 인연을 소중히 여길 줄 아는 이를 좋

아한다

어둠 속 등불처럼 늘 상대의 장점과 가능성을 보는 이와

타인의 슬픔을 함께 아파할 줄 아는 이와

자신보다 타인과 세상을 위해 기도할 줄 아는 이를

슬픔과 눈물과 상처를 불씨처럼 다독일 줄 아는 이와

나이 들수록 부모의 마음을 더 헤아릴 줄 아는 이를 좋
아한다

2

동안보다 동심을 오래 간직할 줄 아는 이와

가진 것보다 나눈 게 더 많은 이와

베푼 것은 잊어도 은혜는 잊지 않는 이와

제 잘못을 스스로 부끄러워할 줄 아는 이와

약속을 잘 지켜 신뢰의 끈을 묶어주는 이를 좋아한다

사랑과 우정 앞에 자신을 거울처럼 비춰볼 줄 아는 이와

어떤 시련에도 자신만의 새로운 길을 가는 이와

자신의 경험이 뒷사람의 디딤돌이 되게 하는 이를 좋아
하며

자신의 생각에 겸허함의 주머니를 둔 이와

강물을 이끄는 바람처럼 늘 눈과 귀와 가슴을 열어둔 이
차 마시며 몇 시간을 이야기해도 화제가 끊이지 않는
이와
난꽃처럼 곁에 있으면 편안하고 멀리 있으면 그리운 이
를 좋아한다
삶 속에 그림 같은 여백과 여유를 간직한 이
언행이나 성품이 그대로 한 편의 시와 같은 이를
살았을 때보다 죽은 후에 더 빛나거나 그리워지는 이를
좋아한다

3
세상을 바꿀 폭풍 같은 이상과 비전을 가진 사람과
장작처럼 열정으로 생의 시간을 완전 연소시키는 이를
자신의 성공이 자신만의 것이 아님을 아는 이과
넘치기보다는 부족한 듯 질그릇처럼 순박한 이를 좋아
한다
천둥처럼 정의롭지 않은 일에 분노할 줄 아는 이와
정직하게 성공하고 정직하게 물러나는 절벽의 파도 같
은 이와

어떤 고통 속에서도 팽팽한 돛처럼 삶의 진실과 의미를 찾는 이를 좋아한다

아름드리 나무처럼 세월에 더 깊어지는 이와

물속에 던져진 프리즘처럼 속까지 투명한 이와

생의 어둠 끝에 새워진 이정표 같은 이를 좋아하다

무엇보다 그 가슴에 화로 같은 온기를 지닌 이와

치우치지 않은 식견과 넓은 시야로 내면의 폭을 넓혀줄

내가 만나고 싶었으나 아직 만나 보지 못한 이를 좋아한다

이 세상에서의 삶이 다가 아님을 아는 이와

우리 안에 늘 신과 하늘이 있음을 아는 이와

모든 것들 사이를 징검다리처럼 초연히 건너가는 이를 좋아한다

해탈문 밖에서

남루하기 그지없는

마음 하나 다 내려놓는데 몇 생이 더 필요한 것인

지……,

무심송(無心頌)

"조각구름은 무심을 깨닫지 않았겠는가

동서남북 어디나 단지 하나의 하늘인 것을!"[3]

가을 하늘 아래 앉아서

소동파의 게송 같은 시구에 감탄하며

이런 천재적인 시구 하나 짓지 못한 나를 탓한다

나는 언제나 저런 시구를 지어보나

나는 언제나 무심을 깨달은 조각구름 되어

천년 전이나 천년 후에나

늘 하나인 하늘 속을 마음껏 날아볼거나

---

3   소동파 시구, "片雲會得無心否 南北東西只一天" 나는 이 구절에 이렇게 대구를 달아
    보았다. "바다 속 물결은 평정심을 깨우치지 않았겠는가, 상하좌우 어디나 단지 하나
    의 수심인 것을!"

빈 가슴에게

피리도 팬플룻도 비어 있어야 소리가 나듯

골짜기도 비어 있어야 바람소리 맑게 울리우듯

쓰러진 빈 병처럼 허전한

내 빈 가슴으론 어떤 소리를 낼 수 있을까

어디에 어떻게 구멍을 뚫어야 할까

하늘과 땅 사이가 광활하게 비어 있듯

내 속을 어떻게 비우고 다듬어야

조화옹의 천뢰(天籟) 한 토막이라도 고이 담을 수 있을까

세세생생의 심연 안에서

우주는 조화옹이 자루도 없이 끝없이 돌리는 맷돌이 아닐까?

들숨은 날숨으로 돌고, 피는 심장을 향해 돌고, 달은 지구를 향해 돌고, 지구는 태양을 향해 돌고, 태양은 은하를 향해 돌고, 은하는 또 더 큰 성단을 향해 끝없이 돌고 도느니……

나는 무엇을 향해 돌고 있을까, 또 무엇이 나를 돌리고 있을까?

낮은 밤으로 돌아가고, 열매는 씨앗으로 돌아가고, 밀물은 썰물로 돌아가고, 만남은 이별로 돌아가고, 오름은 내림으로 돌아가고, 가짐은 잃음으로 돌아가고, 삶은 죽음으로 돌아가고, 나는 나 아닌 것으로 너는 너 아닌 것으

로 돌아가고, 그리하여 모든 끝은 다시 시작으로 돌아가

느니……

역락(亦樂) 처사

궁해도 즐거울 수 있고

달해도 즐거울 수 있다면[4]

그는 필시 마음 득한 도인일 텐데

나 같은 범인이야

어느 세월에 그런 경지를 이루랴

나의 고요한 사부

허공께선

폭설이 지나고

폭우가 지나고

다시 폭염이 내려도

흔적 하나 없이

흔들림 하나 없이

---

4 "삶이 궁박해도 즐거워하고, 영달해도 즐거워한다(窮亦樂 達亦樂)" -「呂氏春秋」

그저 늘

여여(如如)하기만 하다만서도

명상 안에서

영원의 속눈썹 안으로 들어가 보았니?

밑도 끝도 없는 곳

빛과 어둠도 없는 곳

동서남북 상하좌우도 없는 곳

그러면서 모든 것이 다 있는 곳

모든 것을 놓고, 모든 분별을 지워야 들어갈 수 있는

너와 나를 잊은

신의 깜박이는 눈 속!

禪의 존재론

물결과 물결 사이

구름과 구름 사이

별빛과 별빛 사이

생각과 생각 사이

들숨과 날숨 사이

앞면과 뒷면 사이

자음과 모음 사이

탄생과 죽음 사이

자아와 타인 사이

순간과 영겁 사이……

그 어디서나 존재하는

세상의 모든 사이들

천지만물과 더불어 그 사이로 가고 싶다

오래 사이좋은 벗처럼

티 없고 광활한 허정(虛靜) 속으로

천지대장경

허공은

틀 없는 우주의 거푸집

조화옹이 끝없는 마음으로

만물을 빚어내는

겉과 속까지 투명한

무시무종(無始無終)의 풀무

무문(無文)의 신묘한 기운이

내 안에도 내 밖에도

늘 하나로 살아서 꿈틀거린다

마음 그릇

때가 되면 아무렇지도 않게
담겼다 비워지는
그릇들처럼

마음도 차고 이우는
비주기적
밀물과 썰물을 가졌어라

모가 나도
둥글어도
일생 가지고 다녀야 할
내 모든 순간을 담는
오롯한 그릇 하나!

적선(謫仙)

　누구나 지상에 빛나는 과업에 있어서 내려왔을 것이니
　어찌 바람 같은 한 순간의 인연과 사건인들 헛된 것이
있으랴
　업보의 수레바퀴엔 내가 갚아야 할 것과 배워야 할 것
이 있을 터이니
　햇살과 구름그늘이 언제나 지상 가장 낮은 곳까지 내려
오듯이
　정녕 고통의 아수라에서 나를 놓는 법을 배울 수만
있다면
　이보다 좋은 곳이 없고 이보다 더 귀한 삶도 없으리라
　내 마음의 시작과 끝을 이어서 내 눈물과 웃음의 끝을
이어서
　숲이 끝없이 내뿜는 산소처럼 겨울 강 밑을 흐르는 물
살처럼
　끌어안을 수 없는 것을 끌어안는 법을 배울 수 있다면

사랑이 아니었던 것까지 사랑으로 찬찬히 흐르게 할 수
있다면

눈사람

천상에서 내려온 적선(謫仙)이던가
너무나 고요한 내면을 가진 너
겨울의 행간에 느낌표를 세우듯
온 세상 천지에 잠시
하얀 천몽(天夢)의 빛을 전하다가
눈부신 햇살에 사리 한 올 없이
따스했던 그림자 이끌고
저 허공 속으로 깨끗이 사라져 간
물의 붓다여!

삶이 지나간 자리

하늘에서 호수까지 이르는

빗방울 하나 같은 삶일지라도

그 속엔 지나가는 것과

지나가지 않는 것이 있다

유성들 다 지나간 호젓한 하늘이

아무 흔적도 없이

억만년 늘 그대로이듯이

수없는 생을 건너며

내가 그 무엇이 되어 살든

있는 그대로의 변하지 않는

내 영원의 존귀함은

늘—— 언제까지나 그대로일 뿐

色의 바다에 空의 물고기

제 속을

다 비워내고

사시사철

화엄을

속삭이는

목어의

빈 가슴은

색의 바다에 떠 있는

초연하고

튼실한

바람의 움막

푸른 선어록

대나무는

언제나

허허한

제 속을

그대로

한 칸씩

마디지어

생의 그늘을

높고

푸르게

세워간다

달관을 위한 필사(筆寫)

바닷물을

당겼다

놓았다

하는 달이

적요 위에 앉아

저-만치서

늘

초연하고

말랑듯이…

술잔 속의 생

세상의 설왕설래가
무성하게 모였다 가는 곳

촉촉한 설왕설래가
금방 고였다 또 비워지는 곳

지상에서 잠시의 삶이
시간으로 부어지는 술잔이라면

나 또한 그 안에 잠시 고인
투명하고 아슬한 설왕설래 한 자락이리

허물벗기

욕망이라는 숲에서

에고라는 허물을 쓰고

삶의 바닥을 기어다니는 뱀일지니,

저마다 옳고 잘난 우리는

자각의 시야

밖에선 잘 보이던 산
산 속에 들어와 보니
산이 잘 보이지 않는다

내 속에서 오래 머물고 보니
내가 만든 마음의 허울에 둘러싸여
도무지 내가 잘 보이지 않는다

오뇌의 안개 속에 갇혀
내 부질없는
생각의 밑둥만 발에 자주 걸릴 뿐

면벽수행

굳이 벽을 보고
수행을 할 필요가 있는가

사람들의 굳은 마음이
다 벽과 벽인 것을

그 모든 벽이 실은
내 마음의 그림자임을 알기 위해

태산 같은 자기 마음의 벽 하나만
파도처럼 다 허물면 되는 것을

마음論

좋으면 끌어당기고
싫으면 밀쳐내는
자아의 자장(磁場)들
나와 너를 수없이
가르고 붙이며 오직
그 힘으로만 움직이는
분별의 자석
해안의 파도처럼
잠시도 멈춘 적 없으니
누구나 얽매여 있는
무명의 소용돌이여!

무명(無明) 벗기기

양파 껍질을

벗기고 벗기면

아무것도 아니 남듯이

나라는 껍질도

벗기고 벗기면

또한 아무것도 아니 남으리

온통 나라는 생각의 껍질로

둘러싸여 있는

투명한 영혼이여!

언제나,

껍질에 집착하는 나와

껍질을 벗으려는 나

사이에

삶이 놓여 있고

수많은 생을 건너온

오랜 업식과

깊은 고요와

무상(無相)의 진리가

늘 함께 있네

깨어남을 위한 서시

폭우 지나고
구름 다 걷힌 하늘이
그저 고요하게
텅 비어 있는 것처럼

내 안을 가득 채웠던 마음들도
죄다 걷히고 나면
그림자 다 지운 물거울처럼
그저 허정(虛靜)으로 가득하리니

태초부터 지금까지
늘 그대로——

보이지 않게 모든 것에 깃든
줄지도 더해지지도 않는

억겁의 잔잔한 하늘이

어떤 흔들림도 치우침도 없이

생의 모든 빛을 이끌며

내 안에서도 푸르게 눈을 뜨리

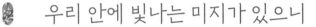 우리 안에 빛나는 미지가 있으니

세상의 빛보다

내 안의 빛을 찾는 것이 먼저다

내 안의 빛이 없으면

세상의 그 어떤 빛 또한

내 안까지 밝히지는 못할 것이므로

신을 섬기는 것보다

사람을 섬기는 것이 먼저다

사람을 잘 섬길 줄 모르면

신을 섬기는 것이 끝내

세상에 아무 의미가 없을 것이므로

빛은 늘 내 안의 어둠 속에 있고

신은 늘 내가 섬겨야 할 사람들 속에 있으니

내 안의 미지를 깨우며

석수가 돌 속에서 석불을 끄집어내듯

목수가 나무 속에서 장승을 끄집어내듯

나는 내 속에서 무엇을 끄집어낼 수 있을까

아직 한 번도 꺼내지 못한 숱한

자아의 찬란한 미지들

그것을 깨우려면 어떤 정이 필요할까

보이지 않아도 이미 오고 있는 봄처럼

가장 먼저 찾아야 할 잃어버린 나와

내가 꺼낼 수 있는 최고치의 나는 어떤 모습일까

부드러운 햇살이 작은 씨앗 속에서

아름드리 나무와 그 깊은 그늘을 끄집어내듯

수없이 비 오고 바람 불고 눈이 내린 후

내 영혼의 밑그림과 같은 하늘을 꺼낼 수 있을까

언제나 나를 깨우며 모든 것을 끌어안을 수 있는

영원 속에 깃든 오늘

거미줄에 얹힌 맑은 이슬처럼

영원 속에 얹힌

오늘이라는 이 하루

언제나 처음이자 마지막인

신생의 오늘은

떨어져 어디로 갈까

삶은 늘 수없는 오늘 속에

포개어지고 또 포개어지는데

나를 살게 하고 다시

나를 영영 떠나간 오늘은

밑도 끝도 없는 저 우주에 떨어져

무엇을 투명하게 적시울까

지나간 모든 순간들처럼

무엇에 닿아 어떤 심연 속으로 흩어질까

절영도(絶影島)

내 안의 어둠을 지우며

무아의 바다에 있다는 해탈의 섬을 찾아가네

몇 생을 지나서라도 혼자서밖에 갈 수 없는 곳

고통의 바다 한가운데를 건너가야

고통을 넘어설 수 있는 길을 찾으리니

끝없는 욕망의 파도와 미혹의 안개를 뚫고서

번뇌의 그림자를 끊으려

마음 다 내려놓고, 과거를 다 내려놓고

모든 업보와 아상이 다 지워질 때까지 끊임없이 찾아

가네

영겁이 운석처럼 고요히 지나도록

내 안과 밖에

아무것도 걸릴 게 없을 때까지

아무것도 미워하거나 슬퍼할 게 없을 때까지

그곳으로 가는 길

나는 늘 번뇌를 피해 다녔다

하지만 그는 언제나 내 속을 다 알고 있었고

어디서든 빛보다 빨랐으므로

그를 조금도 피할 수가 없었다

피할 수 없다면

함께 잘 지내는 수밖에 없다

잘 지내면 두렵지 않을 것이므로

친해질수록 친밀감이 싹틀 것이므로

불문곡직, 그보다 나의 진실을

더 잘 보여주는 존재는 없으니

온 마음으로 그를 끌어안아야 하리라

좌정의 세월이 깊어지면 혹여

그가 시린 등을 굽혀

깨달음의 징검다리가 되어줄지도 모르므로

그것이 피안으로 가는 최선의 길이 될지도 모르므로

삶이란 이름의 만다라

하늘이 간이역처럼 다시

이 생에 나를 내려놓고 갔거니

내가 이 생으로 들어올 때

기억 속에 지운 생들

무엇을 위해 나는 새로운 백지 속에 던져졌는가

삶의 진실과 비밀을 캐내지 못해 몸부림 친 날들,

온갖 감정과 욕망으로 세상과 부딪쳤던 무명(無明)의

시간들

한 생이란 얼마나 짧은지,

철들기도 전에 청춘은 바람처럼 지나가고

제대로 사랑하기도 전에 사랑은 그림자를 지웠고

깨닫기도 전에 마음은 지쳐 시들부들해졌네

어쩜 내가 지나온 수많은 생들도

그러했을 터,

생의 모래시계를 가지고 어디로 가는지도 모른 채

영욕의 파도와 애증의 물보라 속에 갇혀

왜 나는 부평초처럼 지상에 잠시 몸을 부치는

영혼의 여행을 계속하는 것일까

생이 구름처럼 나를 이끌고 가는 모든 곳에

어떤 삶의 비의가 숨어 있는 것일까

그 누구에게 물어도 알 수 없고

아무리 두드려도 열리지 않는 깨달음의 문

하늘이 내 삶에 숨겨둔 뜻을 모르는데

내 생의 진실이 무엇인지 어찌 알리요

생의 모든 언덕과 지붕을 지나

늘 나를 이끌며 끝없이 나를 흔드는

내 마음속 무색(無色) 만다라 같은

맞추지 못한 생의 퍼즐 한 판이여!

@어떤 시가 좋은 시일까?

어떤 시가 좋은 시일까요? 아마도 시인이라면 누구나 이런 질문을 던져보지 않았을까 합니다. 저도 '어떤 시가 좋은 시일까' 대한 고민을 오래도록 해왔는데, 이런 고민 끝에 저는 간단명료한 결론을 하나 얻었습니다. 저는 독자군에 따라 '좋은 시'에 대한 범주를 세 가지로 나누어보았습니다.

①시인이나 비평가와 같은 시의 전문가들이 좋다고 여기는 시
②일반 독자가 좋다고 여기는 시
③시인과 일반 독자가 함께 좋다고 여기는 시

(시인이라 할지라도 시에 대한 평가는 저마다의 취향과 견해에 따라 판이하게 다른 경우가 많기 때문에 이를 획일적으로 말하기는 어려울 것입니다. 일반 독자도 또한 마찬가지입니다. 다만 큰 틀 안에서 독자들

의 성향을 이와 같이 범주화할 수 있으리라 생각합니다.)

이 세 가지 범주 중에서 어떤 시가 가장 좋을 시일까요? 저는 이 ① ② ③ 중에 ③을 가장 좋은 시라고 생각합니다. 10명을 감동시킨 시보다 20명을 감동시킨 시가 더 좋을 시일 것이요, 20명이 좋아하는 시보다 50명이 좋아하는 시가 '더 좋은 시'일 것이기 때문입니다. 시인들만 읽을 수 있고 시인들만 좋아하는 시는 아무리 좋게 평가한다 해도, 부분적 성공을 이룬 시에 지나지 않을 것입니다. ①의 시를 결코 ③의 시 위에 놓을 수 없는 이유입니다.

③의 시는 예술성과 대중성을 함께 갖춘 시라고 할 수 있을 것입니다. 이 세 가지 중 어느 시를 가장 좋은 시라고 여기든, 어떤 시를 추구하든 하나 확실한 사실은 ③의 시가 가장 쓰기가 힘들 뿐 아니라, 실제로 ③에 도달한 시가 ①이나 ②에 도달한 시보다 훨씬 더 적다는 사실입니다.

시인이 만약 ①의 시를 쓰고자 한다면 일반 독자의 취향과 눈높이에 대해 신경을 쓸 필요가 없겠지만, 만약 ③의 시를 쓰고자 한다면 훨씬 더 많은 점들을 고려해야 할 것입니다. 왜냐하면 시인 독자와 일반 독자 사이에는 여러 면에서 엄청난 차이가 있기 때문입니다. 시인들이 쓰신 대부분의 시들이 일반 독자에겐 너무나 어렵고, 아무 재미도 없고, 아무 감동도 없는 글인 경우가 많습니다. 이런데 이런 사실을 시인들만 너무나 모르거나 망각하고 있는 경우가 많은 것 같습니다. 손택수 시인의 「육친」이라는 시엔 이런 구절이 있습니다. "귀신 씻나락 까먹는 소리 같다고/아내도 읽지 않는 내 시집" 시인들이 공들여 쓴 시가 가족도 읽지 않는 '귀신 씨나락 까먹는 소리'처럼 느껴질 수 있음을 시인은 잘 알고 있어야 할 것입니다.

예컨대 시인은 간결과 함축을 위해서 불필요한 구절을 최대한 생략을 하려 하지만, 그것이 일반 독자에겐 오히려 시를 어렵게 하거나, 문장이 거칠거나 밋밋하다고 느껴지게 하는 요인이 되기도 합니다. 그래서 이러한 것을 알려면 독자들에게 시를 보이고 폭넓게 물어보아야 합니다. 이처럼 ③의 시를 쓰고자 하는 이는 독자의 반응에 대해 더 넓은 시야와 고려(배려)를 가지고 있어야 할 것입니다.

시인은 자신의 시에 대해 객관적 시각을 가질 수 없습

니다. 객관적 시각이란 타인인 독자의 눈에서 얻어지는 것이기 때문입니다. 그런 점에서 시인은 자신의 시에 대해 가장 모르는 사람이기도 합니다. 독자의 반응은 독자들에게 물어야만 알 수 있는 것입니다. 그런데 그 독자들의 반응이라는 것은 실로 천차만별입니다. 비슷할 때도 있지만 때론 시인마다 다르고, 일반독자마다 다를 때도 많습니다.

시를 써놓고 시인들께 조언을 구해보면 한 시인은 '이 구절'을 빼라고 하는데 다른 시인은 넣으라고 합니다. 한 시인은 '이 부분'을 고치라고 하는데, 다른 시인은 '저 부분'을 고치라고 합니다. 시인들은 대개 자기 입장이 확고한데, 한 시인이 혹평한 시를 다른 시인이 호평하는 경우도 종종 발생합니다. 또 시인들이 혹평한 시를 일반독자가 '너무 좋다/너무 감동받았다'고 하기도 하고, 시인이 좋다고 한 시가 일반독자에게 전혀 호응을 못 얻는 경우도 있습니다.

이처럼 시인들도 안목과 취향에 따라 제각각 반응이 다양하며, 일반독자들의 반응 또한 매우 다양한 폭을 가지고 있습니다. 하지만 널리 물어보면 비교적 공통적으로 좋은 반응이 나오는 시들이 있고, 또 그 반대인 시들도 있음을 확인할 수 있습니다. 때문에 시인은 여러 층의 독자들 속에서 내 시가 정말 다양하게 읽힌다는 것과 어떤 작품이 상대적으로 더 좋은 반응을 얻고 또 그렇지 못한지를 잘 알고 있어야 하지 않을까 합니다.

제 시로 하나의 예를 들어보겠습니다.

성선설

1

누구나 그 내면 속에는 물거울이 하나씩 있으니

구름도 산그늘도 하늘빛도 다 사라져버린

물이 다 빠지거나 수면이 얼어붙은 저수지를 보라

정녕 그 거울 없이 바람 한 줄기인들 제대로 비춰볼 수 있으랴

2

하늘 아래 사랑받고 싶지 않은 이는 없듯이

물이 가득 차올라 생기는 물거울처럼

　자기 안에 사랑이 그득 채워져야 비로소

　세상을 비춰볼 수 있는 내면의 거울이 생겨난다

　구름도 산그늘도 하늘빛도 다 사라져버린

　물이 다 빠지거나 수면이 얼어붙은 저수지를 보라

　정녕 그 거울 없이 바람 한 줄기인들 제대로 비춰볼

수 있으랴

　1과 2 중에 어느 것이 좋으냐고 물어보면, 시인들은 대개 1을 택했지만 일반독자는 전부 2를 택했습니다. 이처럼 시인독자와 일반독자의 반응과 경향은 상당히 다를 때가 많습니다. 그러니 이 시의 작자인 저는 어느 쪽을 택해야 할까요? 이는 ①과 ②와 ③ 중에 어느 쪽을 지향할 것이냐에 따라 결정되지 않을까 합니다. 아울러 이러한 방향과 선택은 시편마다 다를 수도 있을 것입니다.

　이 시집에 수록된 시들은 모두 이런 점을 고려해서 쓰여지고 다듬어진 것들입니다. 저는 ③의 시를 '가장 좋은 이상적인 시'로 여기기 때문에 오직 ③의 시를 쓰고자 했으나, 이 중엔 ①이 된 시도 있을 것이고, ②가 된 시도 있을 것이고, ③이 된 시도 있을 것이요, 또 이 세 가지 중에 어느 쪽에도 들지 못한 시도 있을 것입니다. 아울러 어느 시가 ①이 되고 ②가 되고 ③이 되었는지도 독자들마다 다 다를 것입니다. 그런 점에서 시인의 품을 떠난 시는 시인의 것이기도 하고, 독자의 것이기도 한 것 같습니다.

궁수가 언제나 정중앙을 향해 활을 쏘듯 시인은 오직 독자의 가슴에 있는 시의 중심을 향해 활시위를 당길 뿐, 그 모든 결과는 자신의 몫으로 받아들이고 늘 겸허한 자성의 자세를 갖춰야 하는 것이 아닌가 합니다.